Le chien au nez rouge

Du même auteur

LA SENTENCE DES RICANEURS

Le chien au nez rouge

RODDY DOYLE

DESSINS DE

BRIAN AJHAR

TEXTE FRANÇAIS
DU GROUPE SYNTAGME INC.

Les éditions Scholastic

Catalogage avant publication de la Bibliothèque nationale du Canada

Doyle, Roddy, 1958-
Le chien au nez rouge / Roddy Doyle ; illustrations de Brian Ajhar ;
texte français du Groupe Syntagme.

ISBN 0-7791-1619-4

I. Ajhar, Brian II. Groupe Syntagme Inc III. Titre.

PZ23.D66Ch 2002   j813'.54   C2002-901587-1

Édition publiée par Les éditions Scholastic, 175 Hillmount Road,
Markham (Ontario) L6C 1Z7 CANADA.

5 4 3 2 1   Imprimé au Canada   02 03 04 05

Au père Noël

Merci à Abel Ugba pour ses conseils,

et à Thomas Gromoff, qui m'a donné

la traduction finnoise du terme « caca ».

— R.D.

À Rebecca Lynn

— B.A.

Le chien au nez rouge

CHAPITRE UN

C'est la veille de Noël à Dublin, et le soleil est si chaud qu'il fait fendre les pierres. Les lézards portent des gougounes, et les cactus qui bordent les rues de la ville suffoquent.

— À boire! supplie un cactus.

— La mer à boire! renchérit sa petite amie à ses côtés.

La Liffey est complètement asséchée, et les pneus de tous les autobus de la ville ont fondu. Robbie et Jimmy Mac font frire un œuf sur une pelle et…

Minute!

Oui?

Dublin ne ressemble pas à ça à Noël. Recommence.

D'accord.

C'est la veille de Noël à Dublin, et il neige depuis des semaines. Des flocons de neige gros comme des souris tombent d'un ciel de plomb, et les cactus qui bordent les rues de la ville sont frigorifiés et perplexes. Jimmy et Robbie Mac tentent de décoller l'œuf qui a gelé sur leur pelle et —

Arrête!

Oui?

Dublin ne ressemble pas à ça non plus. Cesse de dire des sottises, sinon je n'achète pas ton livre.

Désolé.

C'est donc la veille de Noël à Dublin, et il pleut. Il pleut depuis des semaines, et les cactus qui bordent les rues de la ville n'en peuvent plus.

— Encore une goutte et j'explose!

— T'es dégoûtant! répond sa petite amie à ses côtés.

Robbie et Jimmy Mac se lancent des œufs puisqu'il n'y a pas de neige pour faire des boules de neige. Un œuf roule sur le gazon mouillé jusque sous un buisson détrempé et dégouttant. Il s'arrête à côté d'un lézard.

Le lézard regarde l'œuf. Il n'a pas envie de le manger.

— Pourquoi? lui demande l'œuf.

Le lézard a trop froid pour manger. Il se sent raide, humide et misérable. Il prend la couleur rouge en espérant que cela le tiendra au chaud. Mais ça ne marche pas.

— Jolie couleur! dit une voix à ses côtés.

C'est une jolie voix. En fait, c'est la plus jolie

voix que le lézard ait jamais entendue. Il se tourne et aperçoit le plus joli lézard qu'il ait jamais vu. Comme il est timide, il rougit, c'est-à-dire qu'il reste rouge.

— Tu as l'air d'avoir chaud, lui dit le plus joli lézard.

— Oh, répond l'autre, à vrai dire, j'ai très froid.

Et, graduellement, il perd ses rougeurs et prend une teinte beaucoup plus froide, le gris.

— Et *toi*, tu n'as pas froid? demande-t-il.

— Non, dit le plus joli lézard. J'ai choisi le bon nom.

— Que veux-tu dire?

— Eh bien, répond le plus joli lézard, je change de nom au gré de la température. Lorsqu'il fait très chaud, je choisis un nom courant dans les pays chauds, et je me sens bien. Et lorsqu'il fait très froid ou que c'est très humide, comme maintenant, je choisis un nom courant dans les pays froids. Et *toi*, comment t'appelles-tu? demande le plus joli lézard, qui, tu l'auras compris, est une madame lézard.

— Omar.

— C'est mignon, dit-elle, mais ça ne convient pas à la température. Essaie le nom « Hans ». Voilà un beau nom bien froid.

— D'accord, répond Omar. Il s'éclaircit la voix et déclare : « Je m'appelle Hans. »

— Comment te sens-tu? demande l'autre.

Hans approche son bedon du gazon froid et mouillé.

— Bien, dit-il. Très bien, même.

Il frotte son bedon sur le gazon. Il commence à briller, il devient argenté.

— Très, très bien. Et *toi*, comment t'appelles-tu? demande-t-il.

— Heidi, répond la madame lézard.

— You-kaï-di, Heidi, dit Hans.

— You-kaï-da, Hans, dit Heidi.

Hans lance sa longue langue et attrape une mouche posée sur un mur, très loin, au Maroc.

— Wow! s'exclame Heidi.

— Veux-tu partager des ailes bien épicées? demande Hans.

Hans mastique et sourit à Heidi. Heidi

mastique et sourit à Hans. La bouche pleine de mouche, ils s'amourachent l'un de l'autre. Mais Hans et Heidi ne sont pas les héros de mon histoire, même s'ils en font partie. Et l'héroïne n'est certainement pas la mouche qui vient d'être avalée (d'ailleurs, elle descend dans l'estomac de Heidi en fredonnant une vieille chanson intitulée *Donne-moi ta mouche*). Les héros de mon histoire, ce sont Robbie et Jimmy et un chien et quelques autres personnes. Je vais vous dire ce qu'ils ont fait la veille de Noël.

Mon histoire commence à la page suivante, au Chapitre Deux. C'est donc dire que tu as perdu ton temps à lire le Chapitre Un. Désolé.

CHAPITRE DEUX

Jimmy et Robbie Mac sont très excités, mais s'ennuient à mourir. C'est la veille de Noël, et ils veulent seulement que la journée finisse pour pouvoir enfin se mettre au lit et se réveiller le lendemain matin.

Le jour de Noël.

Le plus beau jour de toute l'année.

Ça fait des mois qu'ils y pensent.

En octobre dernier, déjà, quand leur mère a demandé à Jimmy ce qu'il voulait pour déjeuner, il a répondu :

— Noël!

Et quand son professeur, M. Eejit, lui a demandé, la dernière journée avant les vacances, de nommer le pays qui est au nord des États-Unis, Robbie a répondu :

— Cadeaux!

ATTENTION!

Tu trouves probablement qu'Eejit, c'est un drôle de nom. Tu dois déjà connaître quelques noms irlandais comme Murphy, Kelly, Doyle et Eltsine, mais je suis sûr que tu n'as jamais entendu le nom Eejit. Ici, en Irlande, où j'habite, nous utilisons beaucoup le mot *eejit*. Ça veut dire « idiot » ou « abruti ». Donc, s'il vivait ailleurs qu'en Irlande, le professeur de Jimmy et Robbie s'appellerait M. Idiot. C'est pourquoi il reste en Irlande; il préfère se faire appeler M. Eejit. Au fait, il n'est pas idiot du tout. En réalité, il est très intelligent, même s'il a toujours du mal à attacher ses souliers. Il a reçu son nom par accident. Son père a laissé échapper un bloc de ciment sur son pied au moment même où un homme arrivait pour vérifier le nom des personnes qui vivaient dans toutes les maisons de la rue. « Quel est votre nom? » a demandé l'homme. Exactement au même moment, les doigts du père de M. Eejit ont glissé. Le bloc de ciment écrabouillait ses orteils juste à l'instant où l'homme finissait sa question, et le père de M. Eejit s'est écrié « Eejit! », puisqu'il se trouvait idiot d'avoir laissé échapper le bloc. (Au fait, il était en train de bâtir sa maison. C'est pourquoi il tenait un bloc de ciment lorsque l'homme est arrivé. Et l'homme n'a pas frappé à la porte, puisqu'il n'y en avait pas encore.) Le temps que le père de M. Eejit ait soigné et bécoté ses orteils, l'homme s'était éloigné. Il a couru derrière lui en criant « Je m'appelle O'MALLEY! », mais c'était trop tard. Il était maintenant inscrit sous le nom d'Eejit, tout comme son fils, le professeur de Robbie et Jimmy. C'est une histoire tout à fait vraie.

S'il y a d'autres mots que tu ne connais pas dans ce livre, tu les retrouveras probablement dans le GLOSSAIRE qui se trouve à la fin.

Maintenant, retournons à notre histoire.

Robbie et Jimmy avaient été
particulièrement sages au cours des dernières
semaines. Par exemple, ils avaient aidé leur
grand-papa à trouver son dentier. Il était fixé
au toit de sa voiture avec de la supercolle.
(Passons sous silence le fait que c'était ces
mêmes Jimmy et Robbie qui avaient collé
le dentier sur le toit. Il est beaucoup plus
important de savoir qu'ils avaient aidé leur
pauvre vieux grand-père à le retrouver. Au fait,
il a fallu un ouvre-boîte pour dégager le dentier
du toit de la voiture.) Ils ont dépensé tout leur
argent de poche pour acheter des cadeaux aux
personnes qu'ils aiment — un *Banjo-Kazooie*

pour leur maman, un nouvel uniforme pour le G. I. Joe de grand-maman, une paire de ciseaux pour leur papa (conçus spécialement pour tailler les horribles poils qui lui sortent du nez et des oreilles), un T-shirt sur lequel est écrit CAILLOU FUME EN CACHETTE pour leur petite sœur, de même qu'un ouvre-boîte tout neuf pour grand-papa. (Puisque son vieux est encore coincé dans le toit de sa voiture.)

Ils ont attaché leurs bas de Noël au pied de leur lit. Ils ont préparé 27 sandwiches au fromage et les ont empilés sur la cheminée pour le père Noël. Ils ont coupé la croûte de tous les sandwiches parce que le père Noël ne mange jamais ses croûtes. Ils ont aussi laissé sur la cheminée une Guinness, pour faire passer les sandwiches, et une carotte pour Rodolphe.

Mais il reste encore des heures et des heures avant que ce soit l'heure d'aller au lit.

— Combien en reste-t-il? demande Jimmy.

— Treize heures et 37 minutes, répond Robbie.

— Je pense que je vais faire un autre sandwich pour le père Noël.

— Je pense que je vais peler la carotte de Rodolphe.

Les frères se dirigent vers la porte arrière. Ils sont trempés, ils ont faim, ils sont excités et ils s'ennuient, et leur petite sœur vient tout juste de sauter d'une fenêtre du premier étage de la maison voisine.

CHAPITRE TROIS

Kayla Mac flotte sous un parachute qu'elle s'est fabriqué avec la moitié de la plus belle robe de la mère de sa meilleure amie. Et Victoria, sa meilleure amie, la suit de près, en se tenant bien fort à l'autre moitié de la plus belle robe de sa mère.

C'était vraiment une très belle robe : elle est maintenant transformée en deux superbes parachutes.

ATTENTION!

Hé, toi! N'essaie pas cela à la maison! Ce n'est jamais une bonne idée de sauter de la fenêtre du premier étage. Tu pourrais te casser un bras ou une jambe, te fracasser la tête ou, si la fenêtre est fermée, tu pourrais même casser la vitre. Aussi, dans la vraie vie, on ne peut pas vraiment fabriquer un bon parachute sécuritaire avec une robe, encore moins avec une demi-robe. C'est pourquoi, je te le répète, ne saute pas. Prends l'escalier. Et pendant que j'y suis, si tu coupes la plus belle robe de ta mère en deux, n'en fais pas des parachutes. Jette les deux morceaux dans un coin et dis que c'est le chat. Laisse traîner les ciseaux près du panier du chat et passe-le au séchoir à cheveux pour qu'on ait l'impression qu'il a passé la journée à sauter d'un avion. Toutefois, avant de dire que c'est la faute du chat, assure-toi d'en avoir un.

Maintenant, retournons à notre histoire.

C'était vraiment une très belle robe : elle est maintenant transformée en deux superbes parachutes.

— Aïe! Aïe! Aïe! s'exclame Jimmy.

— Quelle descente! admire Robbie.

Ils regardent Kayla qui flotte au-dessus de leurs têtes, transportée par le vent. Ses pieds frôlent les branches d'un pommier, puis elle atterrit au centre du jardin. Pouf! En plein milieu de la plate-bande.

Robbie et Jimmy se précipitent pour la féliciter.

C'est alors qu'ils aperçoivent le lutin.

Parce que Kayla lui a atterri dessus.

— Ôte-toi de là, s'il te plaît, grogne le lutin.

— Qui t'es, toi? demande Kayla.

— Je suis trop occupé pour répondre à cette question, répond le lutin.

Il a l'air très fâché et très mouillé. Il porte une veste de cuir noir avec un écusson dans le dos sur lequel est écrit « HELLS LUTINELS ».

Juste comme il réussit à repousser Kayla et à se relever, Victoria atterrit sur lui.

— Ôte-toi de là, s'il te plaît, répète le lutin. Je suis très occupé.

— Qui t'es, toi? dit Kayla.

— Boum-boum, dit Victoria.

— Je vous l'ai dit, répète le lutin, je suis trop occupé pour répondre.

— Qui t'es, toi?

— Boum-boum.

Le lutin sort un carnet de la poche de sa veste.

— Essayez-vous de jouer au plus fin? dit-il. Vaudrait mieux pas.

— Qui t'es, toi? demande Kayla.

— Assez! s'exclame le lutin. Je vous inscris dans mon carnet.

— Qui t'es, toi?

— Boum-boum.

— Comment vous appelez-vous? répète le lutin.

— Qui t'es, toi?

— Boum-boum.

Le lutin prend un crayon derrière son

énorme oreille droite. Au fait, son oreille gauche est tout aussi énorme, et elle est ornée d'une boucle d'oreille en forme de chou-fleur.

— Qui t'es, toi? dit Kayla.

INTERRUPTION

Tu te demandes probablement pourquoi Kayla répète toujours « Qui t'es, toi? »

Eh bien, la réponse est simple.

C'est tout ce qu'elle sait dire.

DE RETOUR AU
CHAPITRE TROIS

Le lutin feuillette son carnet.

— Qui t'es, toi? dit Kayla.

RETOUR DE
L'INTERRUPTION

Désolé d'interrompre l'histoire encore une fois, mais il faut que tu en saches un peu plus sur Kayla. Elle a un an et demi et des poussières. Et elle vient tout juste de commencer à parler. « Qui t'es, toi? » sont ses premiers vrais mots. Mais, comme tout le monde l'adore, tout le monde comprend toujours exactement ce qu'elle veut dire.

Voici ce qu'elle a vraiment dit au lutin :

LUTIN : Ôte-toi de là, s'il te plaît.

KAYLA : Je suis tout à fait désolée.

VICTORIA : Boum-boum.

Oups! J'ai oublié de te parler de Victoria.

Victoria a le même âge que Kayla, exactement le même âge. Elles sont nées exactement au même moment, dans le même hôpital, dans la même chambre, mais pas dans le même lit. Et maintenant, elles vivent l'une à côté de l'autre.

« Boum-boum » c'est, ou ce sont, le ou les premiers mots de Victoria. Mais comme tout le monde l'adore, tout le monde comprend toujours exactement ce qu'elle veut dire.

LUTIN : Ôte-toi de là, s'il te plaît.

KAYLA : Je suis tout à fait désolée.

VICTORIA : Aïe, mes fesses.

LUTIN : Je suis trop occupé pour répondre à cette question.

KAYLA : Êtes-vous un lutin?

VICTORIA : Êtes-vous un lutin?

LUTIN : Je vous l'ai dit, je suis trop occupé pour répondre.

KAYLA : Travaillez-vous pour le père Noël?

VICTORIA : Nous espionnez-vous?

LUTIN : Essayez-vous de jouer au plus fin? Vaudrait mieux pas.

KAYLA : Nous avons été très sages.

VICTORIA : Nous allons recoudre la robe, promis.

LUTIN : Assez. Je vous inscris dans mon carnet. Comment vous appelez-vous?

KAYLA : Kayla.

VICTORIA : Victoria.

LUTIN : Comment vous appelez-vous?

Le lutin prend un crayon derrière son énorme oreille droite. Au fait, son oreille gauche est tout aussi énorme. D'ailleurs, son nez et ses pieds sont également énormes.

— Excusez-moi, intervient Jimmy.

— Quoi? grogne le lutin.

— Arrêtez d'être aussi grognon.

Cette remarque semble réveiller le lutin.

— Pardonnez-moi, dit-il. C'est seulement que… je suis si occupé.

— Qui t'es, toi? demande Kayla.

— Oui, répond le lutin. Je travaille pour le père Noël.

Il sursaute et montre Kayla.

— Je l'ai comprise!

— C'est parce que vous n'êtes plus grognon, explique Robbie.

— Boum-boum, ajoute Victoria.

— Merci, dit le lutin.

Une grosse goutte de pluie tombe d'une branche et s'écrase en plein sur le nez du lutin.

— Oh oui! s'écrie-t-il, comme s'il sortait de la lune. Je cherche, euh, euh…

Il ouvre son carnet et le consulte page par page.

— Euh, euh, euh, euh… Oh oui, Flannagan. Je cherche quelque chose qui s'appelle Flannagan.

— Un chien? demande Jimmy.

Le lutin regarde à nouveau dans son carnet.

— Un chat, un rat, un canard? Oui, c'est ça… un chien.

— Il habite juste à côté, dit Robbie.

— Fantastique, alors je l'ai trouvé.

— Qu'est-ce que vous lui voulez? demande Jimmy.

— Moi, je ne lui veux rien, répond le lutin. C'est le patron qui a besoin de lui. Voyez-vous, Rodolphe fait la grève.

CHAPITRE QUATRE

ATTENTION :
LORSQUE TU LIRAS CE CHAPITRE,
PORTE DES GANTS ET UN CHAPEAU,
PARCE QU'IL SE DÉROULE
EN LAPONIE, DANS LE NORD
DE LA FINLANDE, ET QU'IL FAIT
TRÈS FROID LÀ-BAS.

— Je t'en prie, Rodolphe, supplie le père Noël.

— Non, mon vieux, répond Rodolphe. Pas question.

Ils sont tous les deux dans la grange qui se trouve derrière la maison et l'atelier du père

Noël. Dehors, des lutins en motoneiges et en traîneaux tirés par des chiens husky traversent la cour à toute vitesse. Ils transportent de gros sacs remplis de cadeaux qui viennent tout juste d'être fabriqués et les chargent dans les traîneaux qui s'alignent sur une très très longue rangée. Les rennes sont déjà attelés et très excités. C'est leur nuit à eux.

Mais dans la grange, tout est très calme.

Le père Noël porte un bel habit neuf. Rouge, naturellement, d'un beau rouge vif parce qu'il est tout neuf. Le père Noël aimait bien son vieil habit — l'habit le plus célèbre au monde — mais il l'a déchiré en se penchant pour mettre ses bottes.

— Tu as besoin d'un nouvel habit, a déclaré la mère Noël en voyant apparaître le caleçon du père Noël par le gros trou dans le fond de son pantalon.

— J'ai besoin d'un nouveau popotin, s'est esclaffé le père Noël. Celui-là est trop gros.

Mais pour l'instant, le père Noël n'a pas le cœur à rire. L'habit est supposé rendre joyeux tous ceux qui le portent ou qui le voient, mais sa magie ne marche pas.

Le père Noël semble triste et inquiet. C'est la veille de Noël. Le temps file. Il a un traîneau plein de cadeaux, et son vieux renne grincheux ne veut plus le tirer. Il devrait déjà être en Nouvelle-Zélande, en train de descendre dans les cheminées. Puis il se serait rendu en Australie, en Papouasie-Nouvelle-Guinée, à Bornéo, aux Philippines, au Japon et en Chine. Dans tous ces pays, c'est déjà la nuit, la fin de la veille de Noël. Des millions et des millions d'enfants pour l'instant endormis se réveilleront dans quelques heures. Et que trouveront-ils?

Le père Noël est très inquiet.

Si les cadeaux ne sont pas là, c'est vraiment la fin. Pas de cadeaux, pas de père Noël. C'est comme ça que ça fonctionne. Tous ces enfants, partout dans le monde, arrêteront de croire en lui. Finie, la magie! Le père Noël ne sera plus

qu'un très vieil homme au chômage.

Le père Noël est terrifié.

— Allez, Rodo, dit-il. Nous le faisons chaque année.

— Non, mon vieux.

Rodolphe porte ses lunettes fumées et a noué un foulard autour de ses bois.

(Au fait, le foulard lui a été offert par un très vieux chanteur appelé Bruce Springsteen.)

— Oh, allez, Rodo! supplie le père Noël. Des millions d'enfants nous attendent. Nous devons distribuer leurs cadeaux.

— J'en ai ras le bol! proteste Rodolphe. C'est tout ce qu'on entend, maintenant. Cadeaux,

cadeaux, cadeaux. Ils sont gâtés, pourris, je
te dis. Les enfants de nos jours, ils ne disent
même plus merci.

— Mais oui, ils le disent, réplique le père
Noël.

— Ouais, si on leur tord le bras, ronchonne
Rodolphe.

— Ne sois pas si grincheux, Rodo, dit le père
Noël.

— Écoute, mon vieux, l'année prochaine,
peut-être. J'ai un coup de déprime. J'ai besoin
de repos.

Rodolphe s'étend sur la paille.

Le père Noël le caresse. Rodolphe est
bouillant, et son célèbre nez est encore plus
rouge que d'habitude.

Subitement, le père Noël comprend.

— Tu as la grippe, Rodo, dit le père Noël.

— Désolé de te laisser tomber, mon vieux,
répond Rodolphe.

— Ne t'en fais pas, dit le père Noël.

Rodolphe ferme les yeux et s'endort. Le père
Noël tire une couverture sur le dos de son vieil
ami. Ensuite, il se rend à son traîneau. Les
cadeaux sont tous chargés et attendent dans

des sacs de différentes tailles. Il y a déjà d'autres traîneaux dans le ciel, partout dans le monde, qui sont chargés de cadeaux à transférer dans le traîneau du père Noël. Tant d'enfants à visiter. Tant de pays. Tant de cheminées.

Et il est là, coincé dans la partie la plus au nord de la Laponie, à des milliers de kilomètres de l'endroit où il devrait être, c'est-à-dire en route vers la Nouvelle-Zélande.

Il y a d'autres rennes. Ce sont de bons rennes qui triment dur — mais ce n'est pas suffisant.

Rodolphe est le plus fort et le plus rapide. C'est le meilleur pour lire dans les étoiles et trouver son chemin tout en tirant le traîneau au-dessus des nuages. C'est le meilleur pour garer le traîneau sur les toits. Ses sabots sont si légers, on dirait une ballerine. Ses sabots sur les ardoises ne font aucun bruit, et ils ne défoncent jamais les toits de paille. Et il chante toute la nuit en tirant le traîneau d'un pays à l'autre.

« ... comme un ange au nez rouge, je conduirai dans le ciel,

avec mon gros nez rouge,
le traîneau du père Noël! »

Rodolphe, c'est le plus fort.

Mais Rodolphe dort. Il est malade. Son
célèbre nez ressemble à un minuscule phare
au milieu d'un immense océan.

Le père Noël caresse Rodolphe.

Il n'a plus qu'un espoir.

Le père Noël est un homme bien informé.
Il garde un œil sur tous les enfants du monde,
ainsi que sur leurs parents et leurs animaux
familiers. Ses lutins lui envoient des rapports.
Ils lui écrivent des cartes postales, des lettres
et des courriels. Ils lui envoient des pigeons
voyageurs, des saint-bernard et même un
hibou emprunté à un petit gars qui s'appelle
Harry. Donc, le père Noël le sait : il n'y a qu'un
seul animal dans le monde qui peut remplacer
Rodolphe. Un chien. Un chien qui s'appelle :
FLANNAGAN!!

CHAPITRE CINQ
TU PEUX ENLEVER TES GANTS, MAINTENANT. MAIS GARDE TON CHAPEAU PARCE QU'IL PLEUT ENCORE À DUBLIN.

FLANNAGAN!!

    Ils regardent le chien qui dort sur son tapis. Le tapis se trouve dans une remise derrière la maison. Les maîtres du chien ont mis un tapis dans la remise et laissent la porte ouverte pour que Flannagan ait un endroit à l'abri de la pluie.

Comme il pleut beaucoup en Irlande, Flannagan passe la majeure partie de sa vie dans la remise.

Mais Flannagan n'y voit aucun inconvénient.

Flannagan est rapide, comme bien des chiens. Il aime les poursuites — pourchasser des voitures, des corbeaux et des hélicoptères — comme la plupart des chiens. Il fait beaucoup de caca, comme tous les chiens. Ce qui rend Flannagan différent des autres chiens, c'est son esprit. Flannagan a un cerveau de la taille de l'Afrique, qui tient dans une tête de la taille d'une patate au four. Il fait caca, bien sûr; mais lui, il vend son caca.

Est-ce que ton chien fait cela?

En as-tu la certitude?

Le fait est que très peu de chiens sont suffisamment intelligents pour vendre leur caca. Flannagan vend son caca aux ricaneurs qui le déposent ensuite à des endroits stratégiques pour punir les adultes qui ont été méchants envers les enfants. Flannagan fait également pipi sur les voitures. Les parents doivent donc payer leurs enfants pour qu'ils lavent la voiture, et les enfants remettent toujours à Flannagan 10 % de l'argent gagné. C'est ce qu'il fait depuis des années et, comme tous les chiens, il est une vraie usine à pipi et à caca. C'est pourquoi Flannagan est un chien très riche.

Je disais donc que Flannagan dort sur son tapis. Il adore être étendu sur son tapis puisque c'est là que lui viennent ses meilleures idées. C'est un très vieux tapis puant. Il est si vieux que ce n'est presque plus un tapis. En fait, l'odeur est pratiquement tout ce qui reste du tapis.

Flannagan ronfle.

— Il fait semblant, déclare Jimmy.

Et Jimmy a raison. Flannagan fait semblant de dormir.

LE RETOUR DU
CHAPITRE QUATRE

Le père Noël regarde la place vide à l'avant du traîneau, la place que Rodolphe aurait dû occuper.

Il est de plus en plus inquiet.

— Mais que fait donc ce lutin? se dit-il. Mais que fait donc ce chien?

Il met sa vieille tête dans ses vieilles mains. Il a très froid et il commence à avoir mal au dos.

CHAPITRE CINQ II

Flannagan garde les yeux fermés.

Lorsqu'une bande d'enfants et un lutin en veste de cuir arrivent, excités et inquiets, cela ne peut vouloir dire que deux choses : des ennuis ou du travail. Et Flannagan n'a envie ni de l'un ni de l'autre. Il est un chien travaillant. Mais il a décidé de passer la journée à ne rien faire. Il ne se gratte même pas.

— Flannagan?

Les deux yeux de Flannagan restent fermés.

— Boum-boum, dit Victoria.

Un des yeux de Flannagan s'ouvre.

— Rodolphe? En grève? Quel dommage.

Et son œil se referme.

— Mais le père Noël veut que ce soit toi qui tires le traîneau, dit Robbie.

L'autre œil de Flannagan s'ouvre.

— Non mais, est-ce que j'ai l'air d'un renne? L'œil se referme.

— Ah, allez, Flannagan.

— Tu es capable.

— Qui t'es, toi?

— S'il te plaît, Flannagan.

— Boum-boum.

Flannagan sait une chose : ils ne lâcheront pas prise. Il dit adieu à sa belle journée à ne rien faire. De toute façon, il aime les enfants. Ça le rendrait triste qu'ils n'aient pas leurs cadeaux. Et puis, il a toujours voulu voler.

Mais Flannagan est un chien d'affaires.

— Combien? demande-t-il.

— Je vous demande pardon? répond le lutin.

— Combien il est prêt à payer, le père Noël?

— Nous espérions que vous le feriez bénévolement, hésite le lutin.

— Juste parce que j'ai bon cœur? s'exclame Flannagan. Moi, faire ce genre de chose?

— Euh… oui, répond le lutin.

Flannagan ouvre les deux yeux.

— Vous voulez que je tire un traîneau plein de jouets et un gros bonhomme en habit rouge? Vous voulez que je tire ce traîneau autour du monde? Et vous voulez que je le fasse pour rien?

— C'est ça, dit le lutin.

Les yeux du chien se referment, paf! comme deux ampoules électriques qui volent en miettes.

— Bonne nuit, beaux rêves, bâille Flannagan. Réveillez-moi après Noël!

Le lutin sort son carnet.

BÉBÉ DU CHAPITRE CINQ —
LE PETIT CHAPITRE SIX

— Voyons voir, voyons voir, marmonne le lutin. Ah oui!

Il trouve la page qu'il cherchait.

— Je crois, dit le lutin, qu'il y a à Galway une chienne nommée Lassie qui serait très intéressée par ce qui est écrit ici.

Un des yeux de Flannagan s'ouvre.

Sa petite amie s'appelle Lassie et elle habite à Galway.

Le lutin continue.

— On dit ici, poursuit le lutin, que la semaine dernière, un chien appelé Flannagan a été vu marchant patte dans la patte avec une chienne dont le nom *n'est pas* Lassie. Tous deux se dirigeaient vers un cinéma pour aller voir le film *Tous les chiens vont au paradis.*

Flannagan bondit sur ses pattes.

— Quand est-ce qu'on commence? demande-t-il.

— Super, Flannagan! s'exclame Robbie.

CHAPITRE SIX –
L'ADOLESCENCE

Je ne veux pas être le Chapitre Six. Je n'ai jamais demandé à être le Chapitre Six. Je ne mangerai pas ce truc dégueu. Vous ne comprenez pas ma musique. Je veux une voiture. Qui vous a donné la permission de ranger mon ourson en peluche dans le grenier?

CHAPITRE SEPT

Le lutin referme son carnet d'un air joyeux.

— Allons-y, dit-il.

— Hé! Pas si vite, l'ami, dit Flannagan. Si j'y vais, je vais avoir besoin d'aide.

— Quel genre d'aide? demande le lutin.

Flannagan pointe la patte vers les enfants.

— Ce genre d'aide, répond-il.

— Fantastique! s'écrient Jimmy et Robbie à l'unisson.

— Des enfants, pour livrer les cadeaux? s'étonne le lutin. C'est ridicule!

— Écoute, l'ami, réplique Flannagan, j'obéis toujours à une règle. En cas d'urgence, il vaut mieux avoir un enfant sous la main. On peut dire que c'est un cas d'urgence, non?

— Vous avez raison.

— Ouais. Bon, c'est pour ça que j'emmène quatre enfants.

— Mais, commence le lutin.

— Super, l'interrompt Flannagan. Je savais que tu comprendrais mon point de vue. Bon, les enfants, dit Flannagan en s'adressant à Robbie, Jimmy, Kayla et Victoria, allez chez vous et habillez-vous chaudement.

Les enfants partent en courant.

— Hé! lance Flannagan, apportez un atlas!

CHAPITRE HUIT

Robbie et Jimmy sont habillés chaudement et prêts à partir.

Jimmy porte sept T-shirts, neuf chandails et quatre paires de pantalons.

Robbie porte dix-neuf T-shirts, trois chandails, un survêtement, trois paires de pantalons et ses vêtements de plage.

Tous deux portent des lunettes de natation et leurs casquettes du club de Liverpool. Ils ont tous les deux enfilé des bottes d'escalade empruntées à leur mère, qu'ils ont remplies de tranches de pain pour ne pas les perdre et rester au chaud.

Robbie a apporté son atlas d'école.

Ils sont prêts à partir; ils n'attendent que Kayla.

Ils la regardent descendre l'escalier. En fait, elle glisse sur la rampe.

— Qui t'es, toi? dit-elle en passant devant eux et en s'écrasant sur le mur.

Elle ne se fait pas mal parce qu'elle porte tous les vêtements qu'elle possède, et même quelques vêtements de son père. Elle s'est également fabriqué des protège-genoux et des protège-coudes avec les vieilles couches qu'elle n'utilise plus depuis qu'elle a commencé à aller sur le pot.

Elle se relève et éclate de rire.

Ils sont prêts à partir. Leur mère, Margaret D'Estaux-Mac, est dans le grenier et s'exerce à sauter en bungee.

— Maman! appelle Robbie. On sort.

— Où allez-vous? dit une voix qui vient d'en haut.

— En Australie, en Asie, en Afrique, en Europe et en Amérique du Nord et du Sud!

Soudain, leur mère apparaît devant eux, la tête en bas, les pieds attachés à un gros élastique. Elle vient tout juste de sauter du grenier.

— Dites donc, vous ne vous ennuyez pas! dit-elle.

Elle porte un superbe casque doré.

— Surveille tes frères, d'accord? dit-elle à Kayla.

— Qui t'es, toi?

— Bonne fille, dit Margaret. Amusez-vous bien!

Puis elle est attirée de nouveau vers le grenier. Ils entendent son casque cogner l'intérieur du toit.

— Oh, oh! s'exclame-t-elle. J'ai cassé deux autres ardoises. Votre père ne sera pas content.

Robbie, Jimmy et Kayla sortent de la maison en courant.

CHAPITRE NEUF

Pendant ce temps, dans la maison voisine, la mère de Victoria – qui s'appelle Tina – aide sa fille à remonter la fermeture éclair de sa veste doublée.

— Ma parole! s'exclame Tina. Tu dois avoir grandi depuis la dernière fois que je t'ai mis cette veste, c'est-à-dire hier.

Tina a une superbe voix. Tout le monde le dit. Même les oiseaux arrêtent de chanter pour l'écouter. Chaque fois que la voix de Tina se fait entendre, la tuyauterie arrête de gargouiller, la bouilloire arrête de bouillir et le frigo se réchauffe. Tina travaille à une station de radio. Elle anime une émission destinée aux personnes qui vivent en Irlande mais qui n'y sont pas nées. L'émission s'appelle *Papaye et patates*.

RENSEIGNEMENTS UTILES

La *papaye* est un petit fruit que l'on retrouve dans la plupart des pays tropicaux et la *patate* est un petit animal que l'on retrouve en Irlande. Tous les Irlandais savent chasser la patate. Et les patates sont faciles à chasser parce qu'elles n'ont pas de jambes pour se sauver et pas de bouche pour demander grâce. L'arme de choix pour faire la chasse à la patate, c'est l'économe. Les patates sauvages se cachent souvent dans le rayon des légumes des supermarchés. On les retrouve également dans les cuisines, où elles font leur nid dans des sacs de plastique, le plus souvent dans un tiroir au fond du frigo.

ATTENTION!

Les patates biologiques sont particulièrement dangereuses. Il faut les approcher avec la plus grande prudence. Et surtout, n'essaie pas de chasser d'autres animaux sauvages, comme les lions et les crocodiles, avec un économe. Maintenant, retournons à notre histoire.

L'émission s'appelle *Papaye et patates*. Elle est très populaire. Tout le monde l'écoute. Pas seulement les personnes qui ne sont pas nées en Irlande. Les personnes natives de l'Irlande l'écoutent aussi. Les personnes qui ne sont même jamais sorties de l'Irlande, pas même pour cinq minutes en bateau, ni même pour dix secondes à la nage, ces personnes aussi écoutent *Papaye et patates*. Parce qu'elles adorent la voix de Tina.

À quoi ressemble sa voix?

Elle a une voix de soie.

Oui, mais la soie n'a pas de voix.

Ferme-la. Sa voix, c'est comme de la soie. C'est comme de la crème glacée. C'est comme du fondant au chocolat. (Note à l'intention des adultes : c'est comme une très bonne pinte de Guinness.) C'est comme de la sauce. C'est comme la plus belle musique du monde. C'est comme un enfant qui rit, comme Bambi qui rote. Comme un papillon qui chuchote, comme un paon qui pète. C'est la belle voix d'une belle femme, voilà ce que c'est. Est-ce que cela répond à ta question?

Disons.

Donc, Tina a cherché partout sa plus belle robe.

Elle finit d'attacher la veste de Victoria et se relève.

— As-tu vu ma plus belle robe, Vicki-baa?

— Boum-boum.

Tina éclate de rire.

— Tu en as fait un parachute?

Elle serre Victoria dans ses bras et l'embrasse sur la tête.

— Je me demande où tu vas pêcher toutes ces idées!

La télé s'allume et s'éteint toute seule. Elle tente d'attirer l'attention de Tina.

— Voilà, tu es prête, déclare Tina. Amuse-toi bien avec Kayla. Ne va pas trop loin sans me demander d'abord la permission.

— Boum-boum?

Tina rit encore.

— Mais oui, répond-elle. Tu peux aller au Vietnam.

La télé change de chaîne et affiche l'image à l'envers.

Victoria traverse la cuisine au grand galop pour sortir par la porte arrière.

— Hé, la petite! lance le lave-vaisselle. Est-ce que ta mère s'en vient?

— Boum-boum, répond Victoria.

Puis elle sort en courant.

— Hé, les copains! s'écrie le lave-vaisselle. Tina s'en vient!

— Chouette! s'exclame le grille-pain.

— Comment sont mes cheveux? demande le frigo.

CHAPITRE DIX

Pendant ce temps, le père Noël est assis sur une grosse bûche à l'extérieur de la grange des rennes. Sa vieille tête maintenant appuyée dans ses mains, il contemple les étoiles.

— Où sont-ils? gémit-il.

CHAPITRE ONZE

Ils sont tous dans le jardin de Flannagan.

Le lutin et Flannagan, Victoria et Kayla, Jimmy et Robbie. Ils se tiennent par la main (la patte pour certains) dans le jardin de Flannagan.

Et soudain, ils ne sont plus là. Ils ont disparu.

Ils sont à côté du père Noël et ont de la neige jusqu'aux genoux.

Comment est-ce possible?

CHAPITRE DOUZE

Je ne te le dis pas.
C'est un secret.

CHAPITRE TREIZE

Le père Noël tombe en bas de sa bûche.

Mais il se remet vite sur ses pieds lorsqu'il voit qui vient d'arriver.

— Enfin! s'exclame-t-il. Je suis rudement content de vous voir.

Puis sa poitrine se gonfle et il laisse échapper son célèbre rire.

— Ho ho ho!

Il n'avait pas ri de toute la journée, mais maintenant, son bedon est secoué par le rire. Les enfants n'ont jamais entendu un son si drôle et si agréable à la fois. Son rire les fait rire, et, les voyant rire, il rit encore plus fort.

— HO HO HO!

Puis il regarde Flannagan.

— Le célèbre Flannagan, dit-il.

— Le célèbre père Noël, réplique Flannagan. Où est le célèbre traîneau?

— Dans la célèbre grange, répond le père Noël.

Puis il regarde tous les enfants.

— Tu n'es pas seul? demande-t-il.

— J'ai quatre enfants avec moi, répond Flannagan.

— Oui, j'avais cru remarquer, répond le père Noël.

— Et un lutin, ajoute Jimmy.

— Qui t'es, toi? dit Kayla.

— Heureux de faire ta connaissance, Kayla, dit le père Noël.

— C'est lui qui voulait les amener, père Noël, dit le lutin en pointant Flannagan. Je n'ai jamais donné mon accord.

— Plus on est de fous, plus on rit, déclare le père Noël. Nous avons besoin d'enfants ce soir.

— Désolé de vous interrompre, les copains, dit Flannagan. Mais nous avons un traîneau plein de cadeaux, plein d'enfants et très peu de temps devant nous.

Il regarde le père Noël, puis ajoute :

— Eh bien, je suis là. Je suis prêt à me faire atteler. Partons au plus vite!

— Penses-tu y arriver? demande le père Noël.

— T'inquiète pas, dit Flannagan. Je m'appelle Bond. Flannagan Bond.

Le père Noël installe le harnais bleu sur le dos de Flannagan.

— Est-ce que c'est trop serré, Flannagan?

— Si c'était trop serré, je l'aurais déjà dit.

Paré au décollage?

Les enfants montent dans le traîneau.

— C'est lui, Rodolphe? demande Jimmy.

Rodolphe dort encore sur la paille.

— Je lui donne congé pour cette nuit, déclare le père Noël.

— Il travaille une seule nuit par année, fait remarquer Flannagan. Mais bon, je ne suis pas ici pour me plaindre. Tout le monde est prêt?

Rodolphe ouvre les yeux.

— Un chien qui tire mon traîneau! s'exclame-t-il. Misère, la fièvre me fait délirer!

Le père Noël borde Rodolphe de nouveau et caresse son pelage jusqu'à ce qu'il se rendorme. Puis il s'approche de Flannagan.

— Flannagan, dit-il.

— Je suis tout ouïe, répond Flannagan.

Le père Noël chuchote pour que les enfants ne l'entendent pas.

— Je crois que nous n'y arriverons pas, dit-il.

— Fais-moi confiance, réplique Flannagan.

— Je te fais confiance, dit le père Noël. Ce n'est pas la vitesse. Ce sont les cheminées, les chambres, toutes les difficultés. Je pense que nous n'avons pas assez de temps.

— Devine, dit Flannagan.

— Quoi? dit le père Noël.

— J'ai une idée, déclare Flannagan.

Et c'est là que les lézards font leur entrée dans l'histoire.

CHAPITRE QUATORZE
CE CHAPITRE
EST DÉDIÉ
AUX LÉZARDS
DU MONDE ENTIER

Heidi embrasse le front de Hans.

— Merci pour la mouche, Hans.

— Merci de l'avoir mangée, Heidi.

Ils sont sous le buisson détrempé, dans le jardin des Mac.

Puis soudain, ils n'y sont plus. Le buisson et le jardin ont disparu. Les lézards sont dans la grange du père Noël.

Comment est-ce possible?

La réponse se trouve au chapitre suivant, à la page 74. Va voir. Je t'attends.

Ils atterrissent et rebondissent et atterrissent de nouveau.

— Wow! s'exclame Hans.

Puis il aperçoit Flannagan.

— You-kaï-di, Flannagan.

— C'est frisquet ici, n'est-ce pas? dit Flannagan.

Soudain, Hans et Heidi remarquent le froid. Il fait froid. Il fait même très froid.

Si froid que ça?

T'es-tu déjà mis la tête dans un congélateur pendant dix minutes?

Non.

Pourquoi?

C'est trop froid.

Eh bien, c'est le genre de froid qu'il fait. Et Hans adore ça.

— Super, dit-il. Vraiment super.

Il frotte son bedon sur le sol.

— Vraiment, vraiment super.

— Voulez-vous aller à un endroit où il fait encore plus froid? demande Flannagan. Et en même temps, sauver la fête de Noël?

— Ça me tente, déclare Heidi.

— Ça me tente aussi, renchérit Hans.

— Montez à bord, conclut Flannagan.

— Youpi ya ya, Flannaganou!

Hans et Heidi sautent dans le traîneau. Ils atterrissent sur les genoux de Victoria, puis s'installent au fond du traîneau.

— You-kaï-di, les enfants.

— Boum-boum.

— Maintenant, dit Flannagan, il faut décoller.

Le père Noël prend place dans le traîneau. Il tient les rênes. Il lance son grand rire — ho ho ho! — et s'écrie :

— Allez hue, mon chien! En avant vers le monde entier!

Le traîneau se met à avancer.

Il sort par la porte de la grange, dans la cour, glisse sur la neige, puis s'élève dans les airs, tiré par le fantastique Flannagan.

Il s'élève de plus en plus haut. Dans les airs,

dans le ciel. Le lutin leur envoie la main.

Minute.

Oui?

Je sais que les rennes peuvent parfois voler, mais Flannagan le peut-il? Je n'ai jamais vu un chien volant. Sauf le chien qui courait derrière un avion et qui a mordu le pneu juste au moment où l'avion décollait. Mais Flannagan? Il ne peut pas voler, ce n'est pas possible!

Neuf fois sur dix, quatre-vingt-dix-neuf fois sur cent, les chiens ne peuvent pas voler.

Amène ton chien au parc et ordonne-lui : « Fido, vole! » Il est plus que probable que Fido restera assis et te regardera avec l'air de dire « Désolé, l'ami, je peux courir après une balle, je peux rapporter un bâton, je peux manger tes souliers, je peux lécher la tête chauve de ton grand-père, mais je ne peux pas voler aujourd'hui. »

Donc, oui, tu as raison, les chiens ne peuvent pas voler. Mais, *mais*, MAIS — lorsque le père Noël est là, tu peux t'attendre à voir des choses magiques se produire, et c'est exactement ce qui se passe maintenant. De la magie. Et on ne peut jamais expliquer la vraie magie. Parce que c'est de la magie! De la vraie de vraie magie. La magie du père Noël. Qu'il utilise une fois par année. Mais, *mais*, MAIS — je vais te dévoiler un véritable secret. Cette fois, il y a une explication à la magie. Le traîneau peut voler, et Flannagan avec lui, parce que les enfants de partout dans le monde y croient. Ils croient que le traîneau peut voler, alors il vole. C'est grâce à des enfants de partout dans le monde que tout reste dans les airs. C'est aussi simple que cela. Et c'est ce qui inquiète tant le père Noël. Si les enfants arrêtaient d'y croire, le traîneau ne volerait plus, et ni Flannagan, ni même Rodolphe ne pourraient voler. Le traîneau, les sacs, tout cela s'écraserait au sol. Plus de magie, plus de Noël et plus de père Noël. S'ils ne peuvent pas livrer les cadeaux cette nuit, tout cela, ce sera du passé. Les enfants arrêteront de croire, et le jour de Noël deviendra une journée de l'année assez ordinaire, une journée de congé pour les petits et les grands — rien de plus. Flannagan ne tire pas seulement un traîneau rempli de cadeaux. Il tire l'avenir de Noël. Mais il ne le sait pas. Seul le père Noël le sait.

Retournons à notre histoire.

Flannagan ne sait pas comment il fait pour voler, mais il sait qu'il le peut. Lorsqu'il bondit, il sent ses pattes s'agripper à l'air comme si c'était de la bonne terre solide, et il sait qu'il est entre les mains magiques du père Noël.

— Je suis impressionné! hurle-t-il par-dessus son épaule.

— Ce n'est rien! dit le père Noël. Ho ho ho!

Le père Noël est heureux d'avoir des enfants
à bord. Ils compensent la perte de Rodolphe.
Flannagan vole de façon superbe, comme un
aigle aux ailes invisibles.

Plus haut, encore plus haut.

Ils voient la terre sous eux, la neige
scintillante du nord de la Finlande, les maisons
de ferme, les lumières des fenêtres des
cuisines qui illuminent la neige.

Plus haut, encore plus HAUT!

Ils voient les arbres couverts de neige et les
lumières du supermarché Spar dans une petite
ville appelée Muonio.

Toujours plus haut, encore plus haut.

Ils voient les lumières de Helsinki, la plus
grande ville de Finlande. Et des blocs de glace
qui brillent comme d'immenses diamants
posés sur le golfe de Finlande. Toujours plus
haut, à travers les nuages, et plus haut encore.

CHAPITRE QUINZE

Ha ha!

Tu croyais vraiment que je te le dirais?

Non, c'est un secret.

CHAPITRE SEIZE

Ils traversent les nuages.

— Ho ho ho!

Et Flannagan prend de la vitesse. Ils s'agrippent tous au traîneau. Ils voient les étoiles — des millions d'étoiles — pendant une seconde, puis traversent de nouveau des nuages. Puis des étoiles, et d'autres nuages, puis des étoiles, et enfin, rien que des étoiles. Des étoiles scintillantes, rayonnantes, dansantes, filantes. Et d'autres étoiles immobiles qui ne filent ni ne dansent.

Ce sont ces
étoiles-là que Robbie
et Jimmy observent.

Les étoiles leur servent de carte
routière, maintenant que la Terre est cachée
par les nuages. Ils cherchent une constellation.

Qu'est-ce qu'une constellation?

Bonne question. Une constellation, c'est un
groupe d'étoiles. Pendant des milliers
d'années, les gens ont pu trouver leur chemin
à la nuit tombée en suivant les étoiles. La

constellation la plus célèbre est probablement la Grande Ourse. La Grande Ourse est composée de sept étoiles, et ne ressemble pas du tout à un ours.

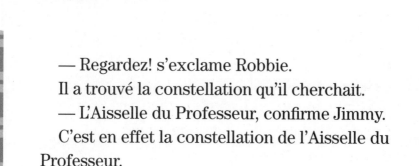

— Regardez! s'exclame Robbie.

Il a trouvé la constellation qu'il cherchait.

— L'Aisselle du Professeur, confirme Jimmy.

C'est en effet la constellation de l'Aisselle du Professeur.

Trente-sept étoiles en forme d'aisselle de professeur. Sept étoiles forment l'aisselle, et les trente autres forment les poils.

— De quel côté, les copains? leur crie Flannagan.

— Suis cette aisselle! s'écrie Robbie. Sud-est.

C'est donc la direction que prend Flannagan, dans le ciel glacé de l'Estonie et de la Russie. Ses pattes résonnent dans l'air comme sur une route. Il tire le traîneau vers le sud, vers la clarté du jour. Les étoiles disparaissent, tout comme les nuages. Il survole la mer Caspienne et l'Iran. Son museau fend l'air comme du beurre mou. Il survole le Pakistan et l'Inde.

Il se dirige vers le sud. Mais aussi vers l'est. Des nuages viennent de nouveau cacher les pays et les océans. Puis les nuages disparaissent parce que Flannagan a tiré le traîneau dans l'obscurité.

Il est neuf heures plus tard, même s'il ne s'est écoulé que vingt minutes depuis que le groupe a quitté la grange.

Jimmy, Robbie, Kayla et Victoria cherchent la constellation suivante.

Le père Noël regarde sa montre.

— Ho ho ho! Oh, j'espère…

CHAPITRE SIX –
L'ADULTE

J'espère qu'ils sont habillés chaudement.
J'espère qu'ils ont bouclé leur ceinture de
sécurité. J'espère qu'ils ont apporté quelques
sandwiches au cas où ils auraient faim en
route. J'espère qu'ils connaissent par cœur
leur numéro de téléphone au cas où ils se
perdraient. J'espère qu'ils ne feront pas trop
de bruit en atterrissant sur notre maison.

CHAPITRE DIX-SEPT
CE CHAPITRE EST DÉDIÉ
À TOUTES LES MOUCHES QUI ONT
ÉTÉ MANGÉES PAR DES LÉZARDS
PARTOUT DANS LE MONDE

À ce moment, elle leur apparaît.

— Qui t'es, toi?

Ils aperçoivent tous en même temps une autre célèbre constellation.

— Le Popotin du Singe! s'exclame Robbie.

Quarante-trois étoiles qui brillent joyeusement. Vingt-quatre étoiles formant le popotin et les dix-neuf autres son caleçon.

Et le Popotin du Singe pointe vers la Nouvelle-Zélande.

Comment?

Il faut connaître le truc. Il faut regarder directement la constellation pendant dix secondes sans cligner des yeux et sans bouger du tout. C'est pourquoi Flannagan s'arrête en plein vol.

Tous fixent la constellation.

Pendant dix secondes.

Dix.

Secondes.

Dix.

Très très longues.

Secondes.

Et ça marche! Le popotin du singe se tortille et exécute une petite danse. Puis il s'arrête et indique le chemin à suivre.

Tout le monde repart.

— Suis ce popotin!

— Allez hue, mon chien! En avant vers le monde entier!

Au sud et à l'est. Vite, vite, vite. Au-dessus de l'océan Indien, de la Thaïlande et de

Bornéo. Plus vite que le plus rapide des chevaux, la plus rapide des voitures ou le plus rapide des escargots, plus vite le son et la lumière, Flannagan les entraîne au-dessus de la Papouasie-Nouvelle-Guinée.

Ils retraversent les nuages en survolant la mer de Corail. Ils aperçoivent les lumières des navires sur l'océan. Ils redescendent, plus bas, plus bas, toujours plus bas, parce que bientôt, ils vont atterrir.

Bientôt, le vrai travail va commencer.

LE TRÈS VIEUX
CHAPITRE SIX

Dans mon temps, les chapitres n'étaient pas numérotés de façon aussi absurde. Nous avions de vraies histoires. Et même, des histoires sans images. Où est-ce que j'ai laissé mes dents? Nous n'avions pas de téléviseur non plus. Même pas de nourriture. Oh, elles sont là, mes dents. Elles me mordent la jambe. Comment ça se fait qu'elles sont là?

Quand même, j'aime bien le chien. Et les enfants. Et le père Noël, bien sûr. À bien y penser, j'ai déjà eu un livre avec des images. En fait, j'avais beaucoup de livres avec des images. Et quatre télés. Et j'ai eu de la nourriture, une fois. Bon, où sont-elles maintenant? En train de mordre mon autre jambe. Je me souviens d'un temps où mes dents étaient à leur place. Dans ma bouche. Quand j'étais jeune, c'est là que les dents étaient.

CHAPITRE DIX-HUIT

Et maintenant, ils peuvent voir les lumières d'Auckland, la plus grande ville de la Nouvelle-Zélande.

— Garçons et filles, à vos postes! s'écrie le père Noël. Bon, où est-ce que j'ai mis ma liste?

Le père Noël tient les rênes de Flannagan d'une main et cherche dans la poche intérieure de sa veste et, tant qu'à y être, il se gratte un peu le bedon.

— Où, où, où, où?

— Où commençons-nous, père Noël? demande Jimmy.

— Je ne sais pas, répond le père Noël.

Son ton est inquiet.

— Je ne me rappelle plus.

Et le traîneau commence à dégringoler du ciel.

CHAPITRE DIX-NEUF

Tout le monde essaie de s'accrocher tandis que le traîneau tombe. Personne ne voit Flannagan, mais tous peuvent l'entendre s'écrier :

— Qui m'a piqué mes ailes?

Il est sous le traîneau.

Le traîneau commence à décrire une spirale.

Le père Noël sait très bien ce qui se passe. Lorsqu'il a dit « Je ne sais pas », les enfants ont commencé à se demander s'il était le vrai père Noël. Le vrai père Noël n'aurait jamais prononcé ces mots. C'est ce qu'ils se disent. Mais le père Noël ne connaît rien aux étoiles et aux rues. C'est comme ça. Les étoiles et les rues, c'était le rayon de Rodolphe. Le père Noël a une liste de toutes les rues, mais il ne la trouve plus. Et maintenant, l'océan se rapproche dangereusement, et le traîneau est toujours en chute libre.

Le père Noël réussit à trouver la liste. Tout au fond de sa poche intérieure — les enfants crient, les lézards aussi! — il trouve le papier et le tire de sa poche. Jamais les enfants n'ont vu une aussi longue liste, un morceau de papier qui claque dans le vent et flotte derrière et au-dessus d'eux comme une immense bannière.

C'est suffisant. Les enfants se remettent à croire — c'est vraiment une liste comme seul le père Noël peut en avoir — et tout à coup, le traîneau et Flannagan cessent leur dégringolade et le vent cesse de siffler dans leurs oreilles. Flannagan sent de nouveau l'air, comme la terre ferme, sous ses pattes.

— Finies les folies, dit-il par-dessus son épaule. Nous avons du travail.

— Voici toutes les rues, en ordre alphabétique, dit le père Noël aux enfants tandis que le traîneau descend doucement vers les toits d'Auckland éclairés par la lune. Avec tous les enfants qui habitent chaque maison. Rue Abeille, commande-t-il au chien de traîneau improvisé. Je me souviens maintenant, c'est la deuxième rue après les feux de circulation. Gare le traîneau sur le premier toit, Flannagan.

Flannagan tourne à gauche sur une longue rue bordée d'arbres et, comme s'il avait tiré et garé des traîneaux toute sa vie, il amène le traîneau au-dessus du premier toit et amorce sa descente pour finalement atterrir tout en douceur sur les ardoises. Pas une égratignure ni une écorchure ni même une bosse.

— C'est de la tarte, murmure Flannagan.

Le père Noël descend du traîneau.

— Oh, mes pauvres jambes sont toutes raides. Avez-vous remarqué comme il fait chaud? demande-t-il.

— Qui t'es, toi? dit Kayla.

— Tu as raison, dit le père Noël. C'est l'été ici. Mais garde tes vêtements juste au cas où tu tomberais d'un toit. Bon, dit-il, commençons.

C'est ainsi que les enfants, après avoir passé tant d'années à recevoir des cadeaux du père Noël, ont pour une fois la chance de lui rendre la pareille.

CHAPITRE SIX
DÉCÉDÉ

Allô!

C'est bien, ici.

Devine ce que je vois de ma fenêtre?

Un gros popotin de singe.

CHAPITRE VINGT
CE CHAPITRE N'EST DÉDIÉ À PERSONNE, PARCE QUE NOUS SOMMES UN PEU PRESSÉS

Kayla soulève un de ses chandails et montre à tous ce qu'elle a caché dessous. Deux des élastiques de bungee de sa mère, qu'elle s'est enroulés autour du bedon. Elle commence à les dérouler.

— Qui t'es, toi? dit-elle.

— Une autre idée géniale de Kayla, déclare Jimmy.

Ils attrapent le bout d'un élastique et tirent. Kayla se met à tourner comme une toupie. Elle virevolte jusqu'au bord du toit, mais le père Noël l'attrape juste à temps.

— Qui t'es, toi?

— De rien, répond le père Noël. Maintenant, montre-moi ton idée.

Kayla attache un bout de l'élastique autour de sa taille et remet l'autre bout à Robbie.

— Il faut lui donner les cadeaux pour cette maison, dit Robbie.

Le père Noël sort cinq cadeaux d'un sac et les remet à Kayla.

Puis elle saute dans la cheminée.

Le père Noël sait reconnaître une bonne idée.

— Ho ho ho! glousse-t-il tout doucement.

Robbie tient fermement le bout de l'élastique. Il le sent s'étirer.

— Elle revient, annonce-t-il.

Une seconde plus tard, Kayla ressort de la cheminée les pieds les premiers et atterrit sur les épaules de Robbie. Elle a laissé les cadeaux en bas, dans la maison.

Pendant ce temps, Victoria attache un bout de l'autre élastique autour de sa taille, et Jimmy s'empare de l'autre bout. Le père Noël trie les cadeaux et commence à se sentir très joyeux. Mais tout à coup…

— Oh non! s'exclame-t-il. J'ai oublié une boîte. Ce sont des cubes pour le bébé.

— Pas de problème, dit Flannagan. N'est-ce pas, les copains? dit-il aux lézards. Descendez du traîneau et montrez au monsieur ce que vous savez faire.

Hans et Heidi sautent sur le toit.

— Il commence à y avoir pas mal de monde ici, dit Jimmy.

Hans frôle son bedon sur le toit.

— C'est chaud, dit-il. Je crois que je vais reprendre le nom d'Omar.

Et, immédiatement, il se met à apprécier la chaleur des ardoises.

Omar s'adresse au père Noël.

— Monsieur Noël, sauriez-vous par hasard si, dans cette maison, on laisse les cadeaux sous l'arbre ou au pied du lit?

— Au pied du lit, répond le père Noël.

— Et où le lit du bébé se trouve-t-il? demande Omar.

— Au bout du corridor, première porte après les toilettes.

— Compris! Maintenant, Monsieur Noël, pourriez-vous s'il vous plaît placer le cadeau sur le bout de ma langue?

Et soudain, la langue d'Omar se trouve directement devant le nez du père Noël. Il sort le cadeau et le dépose sur la langue du lézard, comme un timbre sur une lettre.

Omar saute sur le bord de la cheminée. Il tire la langue dans la cheminée, dans le corridor, passé les toilettes, jusqu'à la chambre du bébé. Il remue un peu la langue, et le cadeau tombe doucement au pied du petit lit.

Lorsque sa langue revient sur le toit, elle tient une assiette remplie de sandwiches au

fromage. Soudain, l'assiette se retrouve sous le
nez du père Noël.

— C'est pour vous, déclare Omar.

Pendant que le père Noël mange les
sandwiches — sans les croûtes — Flannagan
emmène les enfants et les lézards de toit en
toit sur la rue Abeille. La rue est terminée, et
tous les cadeaux livrés, avant même que le
père Noël n'ait fini de mastiquer son deuxième
sandwich.

CHAPITRE VINGT ET UN
CE CHAPITRE EST DÉDIÉ
AUX CHASSEURS DE PATATES
DU MONDE ENTIER

Rue Bivouac.

Rue Calcaire.

Rue Dauphin.

Rue Esperluette.

Ils livrent les cadeaux dans toutes les maisons d'Auckland. Puis ils se rendent jusqu'à Christchurch en visitant toutes les maisons qui se trouvent sur leur chemin. Omar et Heidi sont capables de lancer leur langue dans les cheminées pendant que le traîneau se déplace bien haut au-dessus des maisons.

Au fait, le nom de Heidi pour le temps chaud est Soleil.

Rue Fée-des-dents.

Rue Gargouillis.

Rue Hameçon.

Ils ont terminé leur tournée de Christchurch et de toute la Nouvelle-Zélande avant même que le père Noël n'ait terminé son trois cent cinquante-deuxième sandwich.

— Où allons-nous maintenant? demande Flannagan. En Australie?

— Mais non! répond le père Noël, tout en répandant des miettes de pain et des particules de fromage dans le ciel. Dirige-toi vers le nord, Flannagan. Nous devons dépasser le soleil.

À l'instant où il prononce ces mots, tous peuvent voir le bout du premier rayon de soleil — pas même le bout, mais la lumière que projette le bout du rayon — qui sort lentement, mais sûrement, de l'océan très loin à l'est.

— Oh oh! fait Robbie.

— Pas de problème, le rassure Flannagan.

Ils continuent à voler — très haut, vers le nord.

CHAPITRE VINGT-DEUX
CE CHAPITRE EST DÉDIÉ AUX CHIENS VOLANTS DU MONDE ENTIER

En route vers le nord, ils s'arrêtent à toutes les îles qui se trouvent sur leur chemin.

L'île Norfolk.

La Nouvelle-Guinée.

Guam.

Ils se garent sur tous les toits qui peuvent

supporter le poids du traîneau. Quand le toit est en paille, Flannagan gare le traîneau à côté de la maison, et le père Noël et les enfants entrent par une fenêtre.

Chaque fois qu'ils remontent dans le ciel, un autre traîneau les attend, rempli de sacs pour remplacer ceux qui sont vides. Flannagan ne s'arrête ni ne ralentit. Le traîneau plein vole à ses côtés jusqu'à ce que les lutins aient lancé tous les nouveaux sacs dans le traîneau du père Noël.

Mais les rennes qui tirent les autres traîneaux ne peuvent pas suivre Flannagan, pas même le plus jeune d'entre eux, Nasu.

RENSEIGNEMENTS UTILES

Nasu veut dire « porcelet » en finnois. Et, pendant qu'on y est, je t'apprendrai que *Nalle Puh* est le nom finnois de Winnie l'ourson, et que *kakki* est la traduction finnoise du mot « caca ». Fin de la leçon de finnois; retournons à notre histoire.

Les enfants regardent derrière eux et envoient la main aux rennes essoufflés, tandis que Flannagan file vers le nord dans sa course contre le soleil — par-dessus des forêts et des déserts, des lacs géants et des terrains de football.

Lentement, très lentement, les rayons du soleil sortent de derrière l'océan, un petit peu plus chaque fois que le père Noël regarde. Il décide de ne plus regarder.

Ils atteignent le nord de la Sibérie, et Flannagan court sur place pour que ses pattes ne gèlent pas sur les toits.

Puis ils reprennent leur route vers le sud.

La Corée du Nord.

La Corée du Sud.

La Corée du milieu.

Flannagan passe à un poil de la catastrophe à Hong-Kong. Il vole en plein brouillard quand soudain, un gratte-ciel de verre se dresse droit devant lui, à quelques mètres de son nez. Il fait une embardée, et le côté du traîneau heurte l'édifice, mais sans briser le verre.

— Quel endroit stupide pour bâtir un édifice, grogne Flannagan.

Les Philippines.

Le Timor oriental.

Il leur aura fallu un peu plus de temps pour faire l'Australie que le Japon. Il y a deux raisons à cela. Tout d'abord, parce que c'est plus grand. Ensuite, parce qu'ils ont été attaqués par une bande d'oiseaux armés de mitraillettes.

UNE PAUSE PUBLICITAIRE VRAIMENT AGAÇANTE

Lavez-vous les dents avec le dentifrice **Brosse-o-dents**.

Des footballeurs célèbres se lavent les dents avec le nouveau dentifrice **Brosse-o-dents** amélioré.

Brosse-o-dents — Lavez-vous les dents avec ce dentifrice, et les filles vous trouveront cool.

Brosse-o-dents — Lavez-vous les dents avec ce dentifrice, et les garçons vous trouveront cool.

Maintenant, retournons à notre histoire.

CHAPITRE VINGT-TROIS
CE CHAPITRE EST DÉDIÉ À TOUTES
LES PERSONNES QUI UTILISENT
BROSSE-O-DENTS
PARTOUT DANS LE MONDE

Rue Jambe-de-bois.

Rue Kangourou.

Ils s'assoient sur un toit au bout de l'avenue Lessive, en attendant que le père Noël sorte de la dernière cheminée. Le dos de Flannagan est couvert de neige, même si on est en plein été à

Melbourne. C'est la neige qui lui est tombée sur le dos en Sibérie, à des milliers de kilomètres de là.

Ils sont en train de dévorer quelques-uns des sandwiches du père Noël, lorsqu'ils entendent une voix derrière eux.

— Les mains en l'air!

Tout le monde se retourne.

C'est un oiseau qui a parlé, et il pointe une mitraillette sur eux. Il y a six autres oiseaux avec lui, et tous pointent des mitraillettes sur Robbie, Jimmy, Kayla, Victoria et Flannagan.

Ils sont tous grands et orangés, avec un pinceau de plumes rouges sur la tête. Leurs pattes sont roses et leurs griffes, bleu marine.

— Qui t'es, toi? dit Kayla.

— Nous sommes les bourakoukas, dit le chef.

— Ouais, c'est nous, approuvent ses amis.

— Je vois que vous n'avez pas ri, dit le chef des oiseaux. Avant, les gens riaient chaque fois que nous disions « bourakoukas ». Mais plus depuis que nous sommes armés de mitraillettes. Donnez-nous le sac.

— Non, répond Jimmy.

— J'ai une mitraillette et pas toi, je te ferais remarquer. Donne-moi le sac.

— Non, dit Robbie.

— Allez, donne-le moi.

— Boum-boum.

— Ma mitraillette *n'est pas* en plastique, dit le chef.

— Oui, elle l'est.

— Non, elle ne l'est pas.

— Bruce!

Le père Noël sort la tête de la cheminée.

Le chef des oiseaux tente de cacher sa mitraillette derrière son dos.

Le père Noël sort complètement de la cheminée.

— Tu me déçois, Bruce, dit-il. Tu m'avais dit dans ta lettre que tu ne pointerais jamais ta mitraillette sur des gens.

— Quelle mitraillette? demande Bruce.

— Ouais, renchérissent les autres. De quelles mitraillettes parlez-vous?

— De celles qui sont derrière votre dos, dit le père Noël. De celles que je vois dépasser derrière vos épaules.

— Elles sont en plastique, père Noël, plaide Bruce.

— Je le sais, Bruce, dit-il. Je ne donnerais jamais une vraie mitraillette en cadeau. Mais c'est mal élevé de la pointer sur les gens.

— Désolé, père Noël.

— Ça va, Bruce. Maintenant, les copains, dit-il aux bourakoukas, vous allez retourner dans votre nid. Et si vous ne dormez pas lorsque je serai rendu chez vous, il n'y aura rien pour vous cette année.

Pouf! Les bourakoukas disparaissent. Il ne reste que quelques plumes qui flottent dans les airs. Tandis que Flannagan tire le traîneau dans le ciel, le père Noël se penche en-dehors du traîneau — Robbie et Jimmy le tiennent par la ceinture — et laisse tomber des cadeaux dans le nid des bourakoukas, dans un immense eucalyptus qui se dresse au bout de l'avenue Lessive. Ils voient toutes les mitraillettes qui pendent des branches comme autant de décorations de Noël et, tandis qu'ils s'élèvent de plus en plus haut, ils entendent encore les ronflements des bourakoukas.

UNE AUTRE AGAÇANTE PAUSE COMMERCIALE

Vos vaches folles ont-elles mauvaise haleine?

Lavez-leur les dents avec **Brosse-o-dents**, haleine fraîche, dans son nouveau tube amélioré.

CHAPITRE VINGT-QUATRE

Ils vont au nord, ils retournent au sud, puis au nord, puis encore au sud. Comme des essuie-glaces sur un pare-brise un jour de pluie, ils balaient le monde, avec à leurs trousses le soleil qui semble toujours un peu plus près.

Le père Noël sent le soleil lui chatouiller la nuque, mais cela ne le fait pas rire. Cela le rend seulement de plus en plus inquiet.

Le Bangladesh, toute la Russie, l'Ouzbékistan.

C'est la nuit devant eux, et le matin derrière eux.

L'Iran, l'Oman, la Libye.

Omar redevient Hans, puis redevient Omar.

La Finlande, la Bulgarie, le Tchad.

Soleil redevient Heidi, puis redevient Soleil.

Ils voient des bandes de lions endormis, et des bandes de fêtards qui rentrent à la maison.

Le Cameroun, l'Italie, la Suède.

Ils voient des laitiers livrer du lait, et des vaches folles qui ont mauvaise haleine danser dans les rayons de lune.

Lorsqu'ils arrivent à Lagos, la plus grande ville du Nigéria, Victoria trouve la maison de ses grands-parents.

LE COMBAT
DES PÂTES

Lavez-vous les dents avec le nouveau **Lave-o-dents**, et les filles vous trouveront beaucoup plus cool que lorsque vous utilisiez le **Beurk-Brosse-o-dents**.

CHAPITRE VINGT-CINQ

Victoria n'a jamais vu la maison de ses grands-parents, mais elle est facile à identifier à partir du traîneau.

Lorsqu'elle était petite, la mère de Victoria, Tina, était montée sur le toit de la maison de la Mama et du Papa avec un pot de peinture et un gros pinceau. Et elle avait peint ce message en lettres énormes :

Même après vingt ans, le message apparaît encore clairement sur le toit.

Sa mère lui a tant parlé de la maison que Victoria en a une parfaite image en tête — les fenêtres bleues, le toit de tôle rouge — et maintenant, elle la voit, un peu plus bas.

Flannagan traverse le ciel au-dessus de Lagos et pose ses pattes de velours juste à côté de la cheminée. Jimmy tient l'élastique de bungee, et Victoria saute.

Elle atterrit dans le gros foyer de la cuisine. Puis elle rampe jusqu'au lit de la Mama et du Papa. Elle ne les a jamais vus, sauf en photo. Ils dorment et rêvent. Victoria se rend compte que leurs rêves sont tristes. Tous leurs enfants vivent loin du Nigéria, et ils n'ont jamais serré dans leurs bras ni caressé leurs petits-enfants. Leurs rêves sont pleins de pièces vides et de voix qui appartiennent à des enfants qu'ils ne peuvent pas voir.

Victoria sort deux boules à neige de la poche de sa veste. Il ne faut pas confondre boule à neige et boule de neige; une boule à neige est une petite boule de verre remplie d'eau et de milliers de milliers de flocons de neige en plastique. Les boules à neige de Victoria représentent Dublin. Lorsqu'on les remue, la neige tombe sur la rivière Liffey et sur les cactus qui bordent les rues près de la rivière, et sur une pancarte on peut lire : SOUVENIR DE DUBLIN.

Victoria met une des boules à neige sous l'oreiller du Papa et l'autre sous l'oreiller de la Mama. Puis elle les embrasse tous les deux sur le front.

Elle revient ensuite à la cheminée et tire sur l'élastique.

Seuls les eejits utilisent **Lave-o-dents**.

Lavez-vous les dents avec
BROSSE-O-DENTS éprouvé en clinique.

CHAPITRE VINGT-SIX

Au-dessus des nuages qui recouvrent Dublin,
ils retrouvent le traîneau qui transporte les
cadeaux destinés aux enfants de Dublin, tiré
par un renne appelé Bon Dernier. Ils attrapent
tous les sacs que les lutins leur lancent.

Puis le traîneau du père Noël traverse les
nuages, et la baie de Dublin apparaît sous leurs
yeux. Ils lancent un cri joyeux à l'unisson. Ils
sont presque chez eux. Ils voient la ville
devenir de plus en plus grosse.

Mais soudain, Robbie devient inquiet. Et exactement au même moment, Jimmy aussi commence à être inquiet.

— Hé, père Noël, dit Robbie.

— Ho ho ho! répond le père Noël.

— Nous n'avons pas encore fini, n'est-ce pas?

— Non, non, que non! dit le père Noël. Il nous reste encore toute l'Irlande, l'Islande, le Groenland et d'autres îles, puis tous les pays d'Amérique du Nord, d'Amérique centrale et d'Amérique du Sud. Sans oublier Hawaii.

— Mais, continue Jimmy, lorsque nous serons en Amérique, nos parents se réveilleront parce qu'ici, ce sera le matin. Pas vrai?

— Tu as raison, répond le père Noël.

— Et ils vont s'apercevoir que nous ne sommes pas là, poursuit Robbie. Et ils seront malades d'inquiétude.

— Et nous allons avoir des ennuis lorsque nous rentrerons à la maison, conclut Jimmy.

— Je n'y avais pas pensé, déplore le père Noël.

— Qu'est-ce que nous allons faire?

— Je ne sais pas, dit le père Noël. Franchement, je ne sais pas.

Le traîneau vacille et commence à perdre de l'altitude.

— Qui t'es, toi? dit Kayla.

— Oui! s'exclame le père Noël. Excellente idée, Kayla.

C'est vraiment une bonne idée. Le père Noël fera dormir les parents Mac et les parents de Victoria beaucoup plus longtemps que d'habitude.

Comment?

Je ne te le dis pas.

Les enfants atterrissent chacun sur le toit de leur propre maison et, pendant que leurs parents dorment, Victoria, Robbie, Jimmy et Kayla descendent chacun le long de leur propre cheminée et se livrent leurs propres cadeaux. Robbie dépose celui de Jimmy, et Jimmy, celui de Robbie.

— Qu'est-ce que j'ai? demande Robbie.

— Je ne te le dis pas, répond Jimmy. C'est une surprise, ah ah! Et moi, qu'est-ce que j'ai?

— Un bric-à-brac, une paire de claques et des pelures de patates, dit Robbie. Ha ha ha!

— Est-ce que Tina est déjà levée? demande le grille-pain à Victoria qui traverse la cuisine sans bruit.

— Ma chemise et mon veston sont-ils bien assortis? demande le frigo.

En seulement six minutes, ils ont fini de faire le tour de Dublin, et sept minutes plus tard, ils ont terminé le reste de l'Irlande et survolent l'océan Atlantique, vers le nord, en direction de l'Islande. Tandis que les enfants traversent une tempête, les parents font les plus beaux rêves de leur vie et dorment une partie de la journée de Noël. Tina rêve qu'elle voit sa Mama et son Papa couchés dans leur lit,

dans leur maison, à Lagos. Leurs visages endormis sont tout souriants. M. Mac, de son côté, rêve à de séduisants craquelins à la crème bien dodus.

— Ma date de péremption est le 20 octobre 2004. Intéressant, n'est-ce pas?

— Je contiens de la farine de blé, de l'huile végétale, du sel et de la levure. Intéressant, n'est-ce pas?

Des centaines de kilomètres plus loin, Flannagan lutte contre la tempête.

— C'est un temps à ne pas mettre un chien dehors, grogne-t-il pour lui-même.

— Ho ho ho! dit le père Noël.

Il regarde derrière lui.

Le soleil fait fondre leur avance. Le père Noël peut faire dormir des adultes, mais sa magie ne vaut rien contre le soleil.

— Ho ho ho! répète le père Noël.

CHAPITRE VINGT-SEPT

À Lagos, le soleil glisse un rayon entre les rideaux et réveille le Papa et la Mama. Ils s'assoient dans leur lit. Ils se sentent heureux pour la première fois depuis des années.

Le Papa touche son front. Il a rêvé que sa petite-fille l'embrassait, et maintenant, il peut vraiment sentir son baiser encore mouillé au milieu de son front. (Et il est resté là, mouillé et merveilleux, pour le reste de sa longue vie.) La Mama sent le baiser sur son front, elle aussi. Elle le touche, et se met à pleurer de joie. (Et il est resté là, comme une charmante caresse, pour le reste de sa longue vie, et même après.)

Ils se regardent.

— As-tu rêvé à ce que j'ai rêvé? demande la Mama.

— Je crois bien, répond le Papa.

Il sent quelque chose de dur sous son oreiller. La boule à neige. Il la prend et l'agite. Puis il regarde la neige tomber sur Dublin. La Mama trouve à son tour sa boule à neige et l'agite elle aussi.

Ils se tiennent la main et agitent leurs boules à neige.

— Dublin semble être un endroit agréable, dit le Papa.

— Oui, convient la Mama. L'air est rempli de sucre.

BROSSE-O-DENTS
contient peu de fluorure
et il est sans sucre.
Il protège vos dents
contre la carie.
Intéressant,
n'est-ce pas?

Si vous vous lavez
les dents avec
LAVE-O-DENTS,
vos dents tomberont
et vous mourrez.
Intéressant,
n'est-ce pas?

CHAPITRE VINGT-HUIT
CE CHAPITRE EST DÉDIÉ AUX BOULES À NEIGE DU MONDE ENTIER

L'Islande, le Groenland, Terre-Neuve.

Ils parcourent la côte est du Canada, des États-Unis, survolent la mer jusqu'aux Bahamas, à Cuba et en Jamaïque. Ils bondissent d'une île à l'autre, descendent dans les cheminées pour laisser les cadeaux, et entrent par les fenêtres ouvertes lorsqu'il n'y a pas de cheminée.

Le Brésil, l'Uruguay, l'Argentine.

En vingt-deux minutes, ils ont livré plus de vingt millions de paires de chaussures de football à des enfants qui raffolent de ce sport. Ils se rendent jusqu'à la pointe extrême de l'Argentine, la Terre de Feu, à la toute dernière maison avant le pôle Sud. Puis ils reviennent vers le nord par le centre de l'Amérique du Sud.

Le Paraguay, la Bolivie, la Colombie.

Le soleil les poursuit de ses rayons. Mais

ils continuent à faire leur travail, dans les dernières minutes, les dernières secondes d'obscurité. De retour aux États-Unis.

Le Nouveau-Mexique, le Colorado, le Wyoming.

Le soleil commence à éclairer la neige des Rocheuses, mais ils continuent à descendre dans les cheminées.

L'Alaska, le Yukon, la Colombie-Britannique.

Ils retournent vers le sud en suivant la côte ouest des Amériques. Puis le soleil commence à apparaître au-dessus des montagnes. Soudain, c'est l'aube.

— S'il te plaît! supplie le père Noël. Donne-nous encore cinq minutes!

Mais le soleil n'écoute pas. Parce que le soleil n'a pas d'oreilles. De toute façon, ce n'est pas le soleil qui bouge — c'est la Terre. Mais la Terre n'a pas d'oreilles non plus, et le père Noël perd son temps. Il le sait. Il est trop tard.

Il lâche les rênes et tient sa vieille tête entre ses mains. Il n'est plus le père Noël. Il a échoué. Des millions d'enfants n'ont toujours pas reçu leurs cadeaux, et ils ne les recevront plus, maintenant, parce qu'ils sont en train de s'éveiller. Et que trouveront-ils? Rien. Rien au pied de leur lit. Rien sous le sapin. Le père Noël les a laissés tomber. Il n'est plus qu'un vieil homme inutile qui n'a plus rien à faire. Il s'attend à ce que le traîneau dégringole du ciel.

Mais il reste dans les airs.

Il est toujours là-haut.

Flannagan ne court pas, ils sont arrêtés. Mais cela ne fait aucun doute : ils ne tombent pas! Le père Noël regarde par-dessus la ridelle, juste pour voir.

— Qu'est-ce qui ne va pas, père Noël? demande Jimmy.

— Oh, les enfants, je suis désolé, s'excuse le père Noël.

— Pourquoi? demande Robbie.

— Je ne vais pas pouvoir livrer tous les

cadeaux. Tous ces pauvres enfants. Ils ne croiront plus en moi.

— Bien sûr qu'ils vont croire! réplique Jimmy.

— Boum-boum.

— C'est *vous* que nous aimons, père Noël, ajoute Robbie. Les cadeaux, c'est juste un petit extra.

— Ouais, approuve Jimmy. Et puis, de toute façon, on a déjà eu nos cadeaux, nous, alors ça ne nous dérange pas tant que ça.

Les autres hochent la tête, même Hans et Heidi.

Flannagan s'est débarrassé de l'attelage et, maintenant, il monte dans le traîneau.

— Est-ce une conversation privée, ou est-ce qu'un chien peut s'y joindre? demande-t-il.

— Qu'en penses-tu, Flannagan? demande le père Noël.

— À propos de quoi, exactement? interroge Flannagan.

— À propos de ne pas livrer le reste des cadeaux.

— Qui a dit qu'on ne le ferait pas? s'exclame Flannagan.

— Mais il est trop tard, déclare le père Noël. Ils ne croient déjà plus en moi.

Il montre le soleil.

— Je ne comprends pas, dit Flannagan. Il y a une petite fille quelque part en bas qui veut une poupée. Est-ce que c'est une meilleure poupée parce que tu l'as livrée dans le noir?

— Bien, euh… non.

— Bon, je ne vois pas où est le problème, continue Flannagan. Il faut donner la poupée à cette pauvre petite fille.

— En plein jour? Maintenant?

— Hé! moi, je ne reste pas ici jusqu'à ce soir, répond Flannagan. Penses-y. Tous ces petits enfants qui vont se réveiller. *Ouin! Ouin!* Pas de cadeaux. Puis tu descends de la cheminée avec les cadeaux. Et tu penses qu'ils ne croiront plus en toi? C'est une blague, ou quoi?

Il y a un moment de silence, puis...

— Ho ho ho! s'exclame le père Noël.

— Là, tu parles! s'écrie Flannagan.

LE RETOUR DU SPECTRE DU
CHAPITRE SIX

Devinez ce que je viens de voir passer devant ma fenêtre?

Un chien qui tirait un traîneau plein d'enfants et de lézards.

Oh! que j'aime cet endroit!

Hé, Elvis, viens voir ça!

CHAPITRE VINGT-NEUF

Ils s'y mettent.

Dans chaque maison, cabane, logement, appartement, maison mobile, roulotte, hôpital et igloo — partout où il y a des enfants — ils distribuent leurs cadeaux. Les enfants rient, et les adultes s'évanouissent en voyant le père Noël tomber dans la cheminée.

Ils se font presque interrompre au Mexique lorsqu'ils rencontrent le caca sur pattes de Guadalajara. Il s'agit d'un énorme caca qui marche sur les gens, pour venger tous les cacas sur lesquels les gens marchent chaque jour. Mais ils voient juste à temps l'immense pied dégueulasse descendre sur eux. Ils courent jusqu'au traîneau et repartent vite vers le ciel.

— Revenez, amigos, que je puisse marcher sur vous! hurle le caca sur pattes.

— Joyeux Noël, gros caca! lui crient-ils en s'envolant vers Mexico.

Ils doivent presque s'arrêter lorsque Flannagan s'écrase à Honolulu. Il regardait une adorable collie plus bas, et l'observait pendant qu'elle reniflait une clôture. Il a continué à la regarder après l'avoir dépassée et s'est écrasé contre un énorme palmier.

— Qui a planté cet arbre là? grogne Flannagan en tombant entre les branches jusqu'au sol. Personne de blessé? Désolé, les amis!

— C'est l'amour qui t'a rendu aveugle, Flannagan, lui explique Hans.

— Si tu le dis, répond Flannagan.

Kayla et Victoria réparent le traîneau.

Comment?

Elles remettent les patins en place.

Avec quoi?

Avec de la colle forte.

Quelle colle forte?

Boucle-la.

En un rien de temps, la tournée se poursuit.

Samoa, les îles Phoenix et, le tout dernier arrêt, Midway.

La dernière maison.

Au bout de la toute dernière rue.

27, rue Zoulou.

Ils laissent le père Noël descendre dans la toute dernière cheminée.

LE COMBAT DES PÂTES II

Vos dents se salissent-elles lorsque vous
descendez dans des cheminées toute la nuit?
Alors, utilisez plutôt **Brosse-o-dents** et —

Non! Utilisez plutôt **Lave-o-dents**,
c'est beaucoup mieux.

Non, c'est pas vrai!

Oui, c'est vrai!

Faites de la place, vous deux.

Qui es-tu?

Le nouveau **Mord-o-dents**, éprouvé
en clinique!

Oh non! Dans un nouveau tube amélioré!

CHAPITRE TRENTE

La tête du père Noël sort de la cheminée, et le reste du père Noël suit.

Il les regarde et sourit.

— À la maison! s'exclame-t-il.

— Tu es super, père Noël! le félicite Robbie.

— Passe par le pôle Nord, Flannagan, ordonne le père Noël. C'est le chemin le plus court.

— Là, tu parles! dit Flannagan.

Le traîneau prend de nouveau son envol, et Flannagan tourne et se dirige vers le nord-est.

À la maison!

Ils sont fatigués et heureux. Ils se serrent les uns contre les autres pour rester au chaud.

À la maison!

Ils survolent des montagnes et des vallées de glace, les plus beaux paysages sur terre, mais ils sont trop fatigués pour les regarder.

À la maison!

CHAPITRE TRENTE ET UN

Les voilà qui arrivent.

Ils volent au-dessus des nuages de Dublin. Les cactus qui bordent les rues de la ville les aperçoivent et leur font de grands signes avec leurs piquants.

— Parfait! s'exclame un cactus.

— Coupe glacée! renchérit sa petite amie à ses côtés.

Ils atterrissent juste au moment où leurs parents s'éveillent.

Le père Noël les serre dans ses bras et remonte dans son traîneau.

— Qu'est-ce que je fais, maintenant? demande Flannagan.

— En Laponie, s'il te plaît, Flannagan, demande le père Noël.

— D'accord, répond Flannagan, mais ça coûte plus cher.

— Combien? demande le père Noël.

— Trois livres, répond Flannagan.

— Une, dit le père Noël.

— Deux, répond Flannagan.

— Une et demie, marchande le père Noël.

— Une et soixante-quinze, renchérit Flannagan.

— Une et soixante et onze, déclare le père Noël.

— Une et soixante-quatorze.

— Une et soixante-douze.

— Une et soixante-treize.

— Tope là, tranche le père Noël. Ho ho ho!

— Plus dix pour cent pour les frais de service, ajoute rapidement Flannagan. Ho ho ho!

Puis il se met à courir et s'envole dans le ciel. Avant que les parents ne sortent dans le jardin, le traîneau, Flannagan et le père Noël — ho ho ho! — ont disparu.

— Salut-turlututu, les enfants, dit Hans.

— Tu viens, Hans? demande Heidi.

Et ils disparaissent sous leur buisson juste avant que M. Mac n'arrive.

— Vous êtes déjà debout? demande M. Mac.

Ce que M. Mac ne sait pas, c'est qu'il est quatre heures de l'après-midi. La journée est presque finie.

— Qu'est-ce que le père Noël vous a apporté? demande Margaret.

— Euh…

Jimmy regarde Robbie.

— Euh…

Robbie regarde Jimmy.

— Qui t'es, toi? dit Kayla.

— Vous ne les avez pas encore ouverts? s'exclame Margaret.

— Boum-boum, ajoute Victoria.

— Vous vouliez vous souhaiter joyeux Noël avant? dit Margaret. C'est trop mignon!

— Ah, tu es là, Vicki-baa.

C'est Tina.

— Hé, les amis, dit le buisson. Tina est dans notre jardin.

— Oh wow! s'exclame la remise. Est-ce que mon toit est bien en place?

Elle est avec Célestin, le père de Victoria. Célestin observe le ciel.

— Vous n'avez rien remarqué? dit-il.

Tout le monde regarde le ciel.

— Il ne pleut pas, ajoute-t-il.

C'est vrai. Pour la première fois depuis quatre mois, il ne pleut pas.

— Et regardez!

À Lagos, la Mama et le Papa sont assis dans leur lit et agitent leurs boules à neige.

À Dublin, il commence à neiger.

— Génial! s'exclame Jimmy. Nous allons pouvoir faire un bonhomme de neige.

Robbie tend la main et attrape un flocon. Il le met sur sa langue.

— Ce n'est pas de la neige, déclare-t-il. C'est du sucre.

— Génial! s'exclame Jimmy. Nous allons pouvoir faire un bonhomme de sucre.

Tout le monde court dans le jardin, les

enfants dans leurs gros vêtements chauds et les adultes dans leur pyjama d'adulte et leur T-shirt. Ils courent après les flocons de sucre, rient et en attrapent avec leurs mains et leur langue.

Le sucre tombe sur toute l'Irlande. Il tombe sur toute la vaste plaine centrale, sur les collines dénudées, et même sur le marécage d'Allen. Il tombe aussi sur les têtes chauves des petits hommes irlandais et des petites femmes irlandaises et sur les vaches folles qui utilisent le nouveau Mord-o-dents amélioré.

Dans le jardin, les enfants fabriquent un bonhomme de sucre.

Ont-ils gardé de merveilleux souvenirs de leur nuit avec le père Noël? Non, ils ont tout oublié. Lorsque le père Noël les a serrés dans ses bras, il a repris tous leurs souvenirs de la nuit. Ils s'en souviendront, mais seulement dans leurs rêves. Jimmy rêvera parfois qu'il vole au travers des nuages, et Kayla, qu'elle fait du saut en bungee dans des cuisines chaudes, et Robbie, qu'il vole au-dessus de troupes de lions, et Victoria, qu'elle embrasse le front de la Mama et du Papa à Lagos.

Et peut-être, en raison de cette nuit magique, lorsqu'ils vieilliront et deviendront des adolescents, puis des adultes, ils auront encore des comportements enfantins, même lorsqu'ils seront très vieux. Jimmy pétera souvent sous les draps et en rira, même lorsqu'il aura quatre-vingt-trois ans. Kayla frottera son nez sur les épaules des gens et y laissera une trace de morve, même lorsqu'elle aura trente-huit ans. Robbie sonnera encore aux portes et courra se cacher, même lorsqu'il aura quatre-vingt-onze ans. Et Victoria? Elle sautera encore des fenêtres de l'étage lorsqu'elle aura cent vingt-sept ans.

UNE AUTRE FIN

Tu as trouvé la fin un peu trop sentimentale?
En voici une autre.

Et peut-être, en raison de cette nuit
magique, lorsqu'ils vieilliront et deviendront
des adolescents, puis des adultes, ils
deviendront de plus en plus craqués et de plus
en plus dérangés. Jimmy deviendra le plus
célèbre voleur de banque au monde. Il ne
volera pas seulement l'argent, il partira avec
l'édifice aussi. Kayla deviendra une scientifique

et inventera une façon de ramener les volcans éteints à la vie. Et elle inventera un four à micro-ondes qui retransformera les pépites de poulet en vrais poulets. Dans le monde entier, des pères et des mères auront une crise cardiaque en ouvrant la porte du four à micro-ondes. Robbie deviendra le président de l'Irlande et parcourra le monde pour rencontrer des gens très importants. Mais il ne se contentera pas de les rencontrer. Lorsqu'il dînera en leur compagnie, il se glissera sous la table et attachera leurs lacets ensemble. Seize présidents et vingt-sept premiers ministres se casseront la jambe pendant la présidence de Robbie, et personne ne le coincera jamais. Et Victoria? Elle va encore jeter des gens par les fenêtres de l'étage lorsqu'elle aura deux cent douze ans.

ENCORE UNE AUTRE FIN

La dernière fin t'a semblé trop violente et trop folle? Vous êtes un parent et vous vous demandez si vous laisserez votre enfant lire ce livre? Alors voici une nouvelle fin.

Et peut-être, en raison de cette nuit magique, lorsqu'ils vieilliront et deviendront des adolescents, puis des adultes, ils deviendront de bons citoyens respectables. Jimmy soulèvera toujours le siège des toilettes avant d'aller faire pipi — et ne fera jamais, jamais pipi sur le plancher — parce que ce n'est vraiment pas hygiénique et que ce n'est pas gentil pour les gens qui n'aiment pas s'asseoir sur un siège de toilette tout mouillé. Kayla jettera toujours ses emballages de bonbons dans la poubelle et jamais, jamais sur le sol, parce qu'il ne faut pas faire ça, que ça ne fait pas propre, que ça bousille l'environnement et que ça décourage les touristes de venir en Irlande pour dépenser leurs sous. Robbie se lavera toujours les dents et jamais, jamais il ne fera que mouiller sa brosse à dents pour prétendre qu'il s'est lavé les dents, parce que ce n'est pas bien de mentir et que ça fait fâcher les adultes et qu'on a besoin de nos dents toute notre vie, pour mastiquer la nourriture et pour ouvrir des emballages. Robbie dira toute sa vie : « Mes dents sont mes meilleures amies. » (Au fait, il utilisera toujours le nouveau Mord-o-dents éprouvé en clinique présenté dans le nouveau tube numérique amélioré.) Et Victoria? Elle fermera toujours les fenêtres de l'étage au cas où quelqu'un tomberait par la fenêtre, même lorsqu'elle aura trois cent soixante-seize ans.

LA VRAIE FIN

Après avoir fabriqué leur bonhomme de sucre, ils sont tous rentrés pour manger. C'était un très bon repas, surtout les patates et la sauce.

QUELQUES MESSAGES

Toutes les bonnes histoires véhiculent
un message, et celle-là en compte huit.
Les voici :

1. Si tu t'appelles Dermot et que tu habites à
Sligo, ta mère fait dire de rentrer au plus vite
parce que ton souper va être froid.

2. Si tu es seul dans la cuisine, mais que tu as
l'impression que quelqu'un te regarde, c'est
peut-être seulement le frigo.

3. Si tu es près d'une fenêtre dans une pièce
située à l'étage et qu'une fille nommée Victoria
entre en courant dans la pièce, sois prudent.

4. Pour avoir des gencives saines et une
haleine superfraîche, utilise le nouveau
Fluor-o-dents, avec fluorure.

5. Si tu t'appelles Dermot et que tu vis à Sligo, sache que ta mère commence à se fâcher.

6. Si tu entends de drôles de bruits qui viennent du toit, c'est probablement Flannagan qui s'exerce pour Noël prochain.

7. Si tu es une mouche et que tu vis dans un pays où il n'y a pas de lézards, tu devrais quand même te procurer un passeport — au cas où.

8. Si tu t'appelles Dermot et que tu vis à Sligo, ta mère fait dire qu'elle a donné ton souper au chat, que tu vas manger un bol de céréales et que cela te serve de leçon. Bien fait pour toi.

FIN

Hé, l'ami…

Oh oui. Désolé, Flannagan. Je t'ai presque oublié.

9. Si tu es une jolie collie et que tu habites à Honolulu, Flannagan te fait dire *Aloha*.

FIN

Hé, Dermot. Ta mère n'est plus fâchée, et elle
dit que lorsqu'elle a prétendu qu'elle avait
donné ton souper au chat, c'était un mensonge.
C'est un bon repas — du poulet et des patates
— et tu pourras avoir de la crème glacée après.
Au fait, elle a aussi des chocolats et toutes
sortes d'autres bonnes choses dans son sac
à main.

GLOSSAIRE

ARDOISE : pierre noire ou gris bleuâtre qui sert à couvrir les maisons dans les pays pas trop froids.

BANJO-KAZOOIE : un jeu Nintendo. Je n'y ai jamais joué personnellement, mais il semble que ça se joue à deux joueurs qui répètent inlassablement : « C'est mon tour. » « Pas tout de suite! » « C'est mon tour. » « Pas tout de suite! » « C'est mon tour. » « Pas tout de suite! »

BON DERNIER : on dit que le dernier est bon parce que c'est déjà assez triste d'être le dernier, s'il fallait être « mauvais dernier » en plus…

CRAQUELINS À LA CRÈME : craquelins très ordinaires, plats, carrés, sans sucre, sans sel, sans ingrédient intéressant. On les mange parfois avec du fromage, mais rarement avec beaucoup de plaisir.

DATE DE PÉREMPTION : date avant laquelle il faut consommer un aliment. Il est très important de lire cette date. Si, par exemple, tu manges une tranche de pain deux minutes après la date de péremption, tu vas t'empoisonner, ta maison va s'écrouler et la Terre va arrêter de tourner. Fais bien attention.

DÉGUEU : abréviation familière de dégueulasse.

DUBLIN : capitale de l'Irlande.

ÉCONOME : petit couteau dont la lame comporte une fente tranchante et qui sert à enlever la pelure des légumes.

FOOTBALL : soccer.

GOUGOUNE : sandale de plage en caoutchouc ou en plastique.

GUINNESS : bière de couleur noire au goût amer que les adultes font semblant d'aimer.

LA GRANDE OURSE : constellation visible dans l'hémisphère Nord tout au long de l'année, et composée de sept étoiles principales.

LIFFEY : rivière qui traverse Dublin.

LIVERPOOL : ville d'Angleterre où se trouve une populaire équipe de football.

LIVRE : monnaie irlandaise. Vaut un peu plus d'un dollar. C'est une grosse pièce d'argent avec un cerf d'un côté et une harpe de l'autre. C'est bien de la dépenser, mais c'est préférable de ne pas la lancer dans les airs pour ne pas la recevoir en plein visage, auquel cas tu verras beaucoup d'étoiles.

MARMOT : petit enfant.

POPOTIN : bas du dos, derrière.

RIDELLE : côté d'un traîneau.

SLIGO : ville du nord-ouest de l'Irlande.

BIBLIOGRAPHIE

Si tu as aimé ce livre, en voici quelques autres que tu aimeras sûrement.

Les fables de Flannagan (Les Presses du Chien pressé)

Le poilu de Notre-Dame (Les Presses du Chien pressé)

Qui veut la peau de Flannagan? (Éditions du Clebs)

Des souris et des chiens (Presses universitaires McChien)

Le seigneur des poteaux (Éditions du Grononosse)

Le chihuahua qui en savait trop (Éditions du Clebs)

Blanche-Neige et les sept chiens (Classique Toutou)

Flannagan et la laisse magique (Les Presses du Chien pressé)

Ma puce et moi (Éditions des Confessions canines)

Flannagan au pays des merveilles (Classique Toutou)

Autant en emporte l'afghan (Édition Chien chaud)

Vous trouverez tous ces titres sur le site : www.cacadechien.ie.

« Donnez du mordant à la lecture! »

156

La maquette de ce livre a été conçue par Darren Kelly qui en a aussi assuré la direction artistique. « Et puis après? » diras-tu. Eh bien, Darren Kelly est un singe, le tout premier singe irlandais à concevoir un livre. Nous sommes très fiers de Darren. Brian Ajhar a créé la couverture à l'aide d'un gros bâton et de boue, et les dessins de l'intérieur ont été créés avec un crayon. Ce livre est imprimé sur du papier. Tu penses que le papier est fait à partir de pâte à papier, hein? Mais non. Ce papier est en fait fabriqué avec des dents de petits tamias. Tu as peut-être aimé lire ce livre — nous en sommes ravis — mais vingt-sept tamias ont dû donner leurs dents pour que tu puisses avoir la joie de le lire. Si tu te sens coupable, et même si ça t'est complètement indifférent, envoie tout ton argent et tout l'argent de tes parents, et celui de tes frères et sœurs à Sauvez les tamias édentés, 74 rue Flannagan, Dublin, Irlande.

Ce livre a été imprimé sur une grosse machine bruyante qui te tuerait probablement si elle tombait sur toi, et a été relié par Kiki, Tic et Tac à la Maison des tamias édentés, à Killester, Dublin.

www.dentsdetamias.ie.
« Donnez du mordant aux tamias! »

En réalité, la maquette de ce livre a été conçue par David Saylor,

qui en a également assuré la direction artistique.

Brian Ajhar a créé la couverture à l'acrylique et à l'aquarelle,

et les dessins de l'intérieur ont été créés à la plume et à l'encre,

ainsi qu'au lavis à l'encre.